Carl Norac • Claude Cach...

Le chant
du SORCIER

BAYARD JEUNESSE

Dans un pays tout blanc de neige,
Maratsi le chasseur et sa femme regardent leur fils, Najak,
filer sur la banquise.

Najak est encore parti chez Toornivoq, le sorcier,
pour apprendre des chansons magiques.
Maratsi n'aime pas que son fils aille chez ce sorcier.
Pour Maratsi, il ne faut pas croire à la magie.
Il faut apprendre à chasser, pas à rêver.

Pendant ce temps-là, le traîneau de Najak glisse sur la neige.
– Seqqat ! Seqqat ! Dépêchez-vous, mes chiens !
crie le garçon. Najak est impatient d'arriver :
il se demande quelle nouvelle chanson étrange
le sorcier va lui apprendre aujourd'hui…

Toornivoq salue Najak en souriant.
Il a mis son beau manteau
en peau de phoque.
Il propose au garçon de lui apprendre
le chant secret de la lune.
– C'est une chanson qui te permettra
de voyager jusqu'à l'astre de la nuit,
murmure le sorcier.
Najak chante et danse en imitant Toornivoq :
– Aya ! Heyeq ! C'est drôle, s'écrie Najak en riant.
J'ai l'impression que mes pieds se soulèvent !
C'est comme si je m'envolais !

Quand il écoute chanter Najak,
Toornivoq est heureux :
– Najak, tu seras un sorcier, comme moi.
Je vais te faire un cadeau.
Toornivoq lui offre un tambour plus brillant qu'un soleil,
un tambour en peau de caribou.
– Tu sauras t'en servir, en cas de besoin.
Maintenant, rentre chez toi, mon petit.
Et n'oublie jamais que la magie
est surtout dans ton cœur !
En partant, Najak dit : – Merci Toornivoq.
Et si tu voyages sur la lune,
dis-lui bonjour de ma part !

Le chemin est long pour rentrer au village.
Mais Najak emporte avec lui
une nouvelle chanson dans son cœur,
et un tambour beau comme un trésor.
Le traîneau glisse sur la neige,
Najak file, file.
Soudain, il entend un long grognement
qui le sort de ses rêves :
c'est un ours affamé !

Najak n'a jamais vu d'ours aussi grand.
Il tremble de peur. Les chiens aboient, ils veulent fuir.
Mais l'énorme bête s'approche et leur barre le passage.
L'ours blanc soulève ses larges pattes et montre les dents.

À cet instant, Najak pense aux paroles de Toornivoq. Il se met aussitôt à chanter. C'est un chant plein de cris d'animaux terribles et de bruits de gorge, une chanson pour faire peur ! L'ours est surpris.
Il hésite un peu, puis il tourne autour du traîneau. Najak se rassure :
« C'est un chant de sorcier, la magie doit marcher… L'ours va s'en aller ! »
Mais la bête grogne à nouveau et s'avance déjà pour mordre.

Les chiens, paniqués, se mettent alors à courir
droit devant eux, si vite que l'ours ne peut les suivre.
– Bravo ! crie Najak. Je suis sauvé !
Grâce à vous, mes toutous !
Peu après, il se met à neiger.
Des flocons tombent,
gros comme des poings de glace.
Najak ne voit plus rien devant lui.
« Malheur ! On dirait qu'une banquise
tombe du ciel pour m'écraser, se dit-il.
Il faut que ça s'arrête ! »

Najak songe encore aux mots de Toornivoq.
Il se remet à chanter. Cette fois, plus de cris.
C'est une chanson joyeuse et jolie,
une chanson pour faire danser !
Peu à peu, Najak a l'impression que les flocons
se mettent à tourner sur eux-mêmes.
– C'est incroyable !
La neige tombe plus légèrement.
Elle danse en m'écoutant.
Je suis un vrai sorcier !
murmure Najak.

Mais non. La neige continue à tomber.
Et la nuit arrive.
Najak ne sait vraiment plus où il est.
Il s'arrête un moment pour réfléchir.
« Pas de chance ! pense-t-il.
Toornivoq m'a appris beaucoup de chansons,
mais aucune pour retrouver mon chemin. »
Tout à coup, il sursaute.
Il entend, derrière lui,
un affreux rire grinçant.

Tupilak arrive ! Tupilak est là !
Tupilak, le fantôme !
Ce monstre aux yeux de glace
poursuit et dévore les voyageurs perdus.
– Je suis si content de te voir, dit Tupilak.
Car, vois-tu, je n'ai rien mangé depuis trois nuits.
Tu seras pour moi un excellent repas.
En reculant, Najak saisit son tambour
et il se met à jouer. « Bam ! Bam ! Bam ! »
Sa main frappe très fort la peau de caribou.

Najak invente une chanson qui vient de son cœur,
une chanson pour résister, une chanson pour vivre !
Étonné, Tupilak se tait.
Najak joue de plus en plus lentement.
Sur le tambour, c'est maintenant
comme un battement de cœur.
Tupilak ne ricane plus. Il écoute.
Alors, Najak ne frappe plus que du bout des doigts.
Sa voix aussi se fait de plus en plus douce.
Tupilak ne bouge plus. Il ferme ses yeux de glace,
comme si la musique du tambour
et la chanson de Najak
le faisaient rêver.

Najak en profite.
En silence, il monte sur son traîneau, puis il s'écrie :
– Seqqat ! Seqqat ! En avant, mes chiens !
Najak fonce droit devant sans se retourner.
Endormi, comme envoûté,
Tupilak le fantôme ne songe même pas à les poursuivre.
« Cette fois, c'est au fond de moi que j'ai trouvé
comment me sauver. La chanson qui m'a protégé,
c'est moi seul qui l'ai inventée ! »
pense fièrement Najak.
Soudain, le garçon voit venir vers lui
un autre traîneau, un traîneau qu'il reconnaît.
– Papa ! Mon papa ! Je suis là !
crie-t-il de toutes ses forces.

– J'étais si inquiet. Je suis parti à ta recherche,
dit Maratsi.
Il réunit les deux traîneaux
et prend le chemin du village.
Najak se blottit bien au chaud contre son papa.
Il racontera plus tard son étrange histoire.
En s'endormant, il chante doucement.
Au milieu des nuages, plus brillante que jamais,
la lune apparaît, comme si elle venait écouter
le chant de Najak, le petit sorcier.

Dans la collection

les belles
HiSTOiRES

Les mots de Zaza
Jacqueline Cohen • Bernadette Desprès

L'ogre qui avait peur des enfants
Marie-Hélène Delval • Pierre Denieuil

Ma maman a besoin de moi
Mildred Pitts Walter • Claude et Denise Millet

Le grand voyage de Nils Holgersson
d'après l'œuvre originale de Selma Lagerlöf
Catherine de Lasa • Carme Solé Vendrell

L'ours qui voulait qu'on l'aime
Claire Clément • Carme Solé Vendrell

La famille Cochon déménage
Marie-Agnès Gaudrat • Colette Camil

Retrouvez aussi tous les mois le magazine *Les Belles Histoires,*
avec une grande histoire inédite, les aventures de Zouk, la petite sorcière,
les rencontres merveilleuses des Trois Cochons Petits et les héros de la mythologie.

ISBN 13 : 978-2-7470-2530-0
© Bayard Éditions Jeunesse 2008
Texte de Carl Norac, illustrations de Claude Cachin
Dépôt légal : janvier 2008
Impression en France par Pollina s.a., 85400 Luçon - L45048
Loi 49-956 du 16 juillet 1949 sur les publications destinées à la jeunesse